耳澄ます

甲斐由起子句集

ふらんす堂

耳澄ます＊目次

句集

耳澄ます

第一章

火の匂ひ

潮騒や梢の中の初雀

地に垂れて榧の葉さやぐ恵方かな

寒に入る目鼻のやうな窓灯し

少年に煙草の匂ひ春浅き

近江八幡四句

春耕の人をはなれず群雀

湖の風吹き入るる涅槃かな

舟とほるたびに水漬きて菖蒲の芽

燃えのこる葦に息ある末黒かな

夕あかり寄居虫はるかへ耳澄ます

鷹化して鳩となる夜や火の匂ひ

春宵や古本にある走り書き

花時や濁りゆたかに川流れ

外堀を灯の埋め尽くす桜かな

うら若き葉を広げたる立夏かな

鳥入れて鎮もる山や明易し

いちはつや夕日に向いて野の仏

青苔の息づく幹や梅雨に入る

夜の色に蝶花唐草香水瓶

雨やんで芒種の雀速きこと

死に近き金魚に金魚寄り添へる

古利根川《ふるとね》の夜のかがやき祭笛

冷奴ラジオの音を大きくす

ふるさとの畳吸ひつく裸足かな

城ヶ島四句

梯梧咲く今日は見えたる島の影

海の砂しきりにこぼし荒神輿
遠花火潮の匂ひの濃くなりぬ

みな濡れて月待つ蟹となりにけり

星涼しわれ妻でなく母でなく

雪渓や空のはたてに残る月

虫送りゆつくり水をさかのぼる

露けしや季寄せのどこを開きても

父方の血を濃く萩は白極む

ひだり長谷右極楽寺秋の蟬

白芙蓉影を揺らしてひらきけり

穴まどひ黒髪塚を離れざる

こほろぎの前世一向衆徒なる

馥郁と朝の月あり唐辛子

黒葡萄つかめば蜘蛛の走り出づ

すがれ虫星の綺麗な夜となりぬ

夜雨いつも穂高を濡らすそぞろ寒

秋冷や即身仏の藪睨み

感冒のはじめ甘美なる戦慄

声あげて黄泉平坂焼芋屋

柊の花こぼれつぐ餌台かな

有平糖舌にころがす猟期来る

山駆けて猟犬すでに腥し

鷹匠の腕に青鷹おとなしく

笹鳴や日溜りつひに途絶えたる

きらきらと今日が過ぎゆく冬木の芽

初霰松葉のひかりはじめたる

昏れぎはの雪嶺に瑠璃ただよへり
截金の松葉に年を惜しみけり

第二章　春ショール

撥剌と先生の声屠蘇祝ふ

年神に亡き母に汲み山の水

浅漬けにして菜の花の蕾なる

春寒し鳩の卵のうすみどり

話したきこと春楡の芽のひかり
春ショール巻いて時間の戻るなら

花冷や結界に置く海の石
ことごとく光塵となる桜かな

拳骨のやうな草餅すすめられ

雪解水杉千年の時刻む

別れ霜寝覚めの空の水色に

西湖四句

溶岩をつかむ根太し夏来る

海原のごとく山ある端午かな

富士暮れて小梨の花の匂ひたつ

鳥移る新樹ふはりと濃くなりぬ

源流の一日きらめく蜘蛛の糸

雷来ると蜥蜴の喉《のんど》ふるへをり

小満や呼べば木霊のひとしきり

藍蔵の奥まで茅花流しかな

朽ち橋を渡りて蓮を見にゆかむ

蓮葉のざうざうと舟擦りゆけり

青空の一気に広くなる登山

瞳を縦に後生も蛇にうまるるか

朝涼の欅の下を通りけり

蛇行して水昏れなづむ晩夏かな

眠る鵜に木槿に風の吹きわたり

秋涼し野道のどこも水の音

上高地二句

岳人をゆるやかに越え秋の蝶

穂高ある気配の闇や流れ星

雲がちに遠くが見ゆる死人花

能登三句

塩田に日は容赦なし鬼やんま

さすほどでなく秋日傘持ち歩く

艫綱に貝みつしりと白露かな

秋草を置くより風の音聴こゆ

清里二句

八ヶ岳月光に虹あらはるる

くもりなき白樺月夜とはなりぬ

桜紅葉踏めば香のあり色のあり

冬帽子新品にして形見なる

冬青空万象に水ゆきわたり
ダイヤモンドダスト働く機関車へ

越辺川三句

身の遥かより声出だし白鳥は

声嗄るるまで白鳥と呼び交はし

白鳥の頸愛し合ひ憎み合ひ

真直ぐに翅を閉ざして冬の蝶

凍蝶の花びらになりゆかむとす

夜の雲の向かうを冬の流れ星

闇鍋や藍ひといろの山の声

夜神楽の火のあかあかと尾根照らす

神木を一巡りして十二月
大いなる影湧き寒鯉とはなりぬ

雪付けて黒犬の息荒々し

年用意家族といふも父ひとり

雪舞ふも止みしも知らず大晦日

第三章

榛の木

貝焼きの醤油香ばし初雀

寒潮の音なく引いて蟹の殻

日と月と同じ空なる余寒かな

百年を生き黒髪の女雛かな

相触れずしてかたくりの花盛り

日輪に向いて冷たし紫木蓮

踏みゆけばほこほこいうて春の土
花の種もらふ嬉しさ振つてみる

たんぽぽの根方が住まひだんご虫

鎌倉や闇を蔵して夏来る

干されありまだ百合の香の花鋏

風うつり日ざしのうつり花柘榴

雲近く住み菖蒲湯に浸かりをり

青蛙息するたびに水震へ

つかみたる螢の尻の硬さかな

先生の字のこまごまと梅雨半ば

雨音を金魚と聴いてゐる日かな

日盛や貝が貝押す潮だまり

波乗のてつぺんの顔どつと崩れ

冷奴夜潮を舟の戻りくる

塊のほどけて猫や夏の闇

闇に木のうねり放題草いきれ

首振つて翅を呑み込む守宮かな

蛾を食ひし守宮の腹に蛾の模様

夕暮れは生者に永し鉄線花

一塊として鮎うごく生簀かな

山椒の実ふんだんに鮎炊き上げし
青柚子の種がこんなに香るとは

沢蟹の背に滴りの絶え間なく

茅野・上諏訪四句

猪独活や八方に風荒びくる

夏惜しむ野に紫の花を摘み

湧水をいたるところに秋立ちぬ

秋日さす傷まざまざと御柱

新豆腐崩せば甲斐の雲うごく

山国の雨にひらいて白木槿

白馬六句

秋の蜂道連れに嶺のぼりゆく

松虫草雲の中より霧の湧き
野のひかり蜻蛉の翅のひかりかな

湿原の木道朽ちて昼ちちろ
岳見ゆるテラスの手摺茸生え

夜話の闌に星流れけり

越前三句

秋蝶の草擦る音や国府跡

別山も劒岳《つるぎ》も暮れて初嵐

沖の灯のまたたきはじむ新走り

無患子に天の冷たさ至りけり

菊人形遥かに波の翻る

菊膾酢水に色をうつしけり

走り根の苔青々と初時雨

山峡の巌日当たる寒さかな

雲間より日ざしの戻る蒼鷹

大鍋の庫裡に干されて七五三

よき風に榛の木鳴りぬ冬日和

大樟の真下にをりて冬ぬくし

金沢二句

冬深し時間《とき》さかのぼる蓄音機

すくひたる漆の琥珀年惜しむ

歳晩の山漆黒に丹波口

凍滝のかすかに息をしてゐたり

兎罠月光森にゆきわたり

第四章　冬の蠅

去年今年高尾の山に合掌す

大空に鳶駆け上る初景色

日の中に大島見ゆる余寒かな

冴返る空をうつして潮だまり

雨脚のだんだん強く磯遊び

きさらぎや腸の透くことをせむ

消えやすきもの薄氷も言の葉も

泊瀬二句

淡雪の初瀬明かりといふべしや

草餅屋ばかりの坂を下りけり

木の影に木の影重ね暮遅し

父呼べど久しき黙や浅蜊汁

散り尽すまで一瀑に花散らむ

一ノ谷名残の花を吹き上ぐる

令和元年熊蜂の唸り声

青胡桃夜は沢音を大きくす

散りかけて酸実の花びら山雨過ぐ

荒梅雨や一木に苔蘇る

天心へ鳶逐ふ烏梅雨寒し

梅雨の夜の痛みよ去れよ麻薬貼る

氷水あの世が近くなる父へ

雨音の今日帰り来ず紙魚走る

しづかにも夜の脈打つ青蛙

睡蓮のみづの闇より鯉の口
殻脱いで身の白々と蜘蛛垂る

走り根の先々にまで緑さす

巨大出目金届いて父の誕生日

榧の木も白樫も昏れ星涼し

中空のかつと割れたる瀑布かな

黄金虫羽音ほどには飛ばざりき
月あかりただ砂山の蟻地獄

打たれては雨の斑ふやす野萱草
白光の月高々と雷のあと

高尾五句

鷹棲むと青嶺もつとも濃きところ

たまさかに玉虫降らす神樹かな

ささめくは木霊か星か涼新た

秋夕焼最晩年の父と見し

走り根の黒光りする残暑かな

亡き母へ供へし桃を父に剝き

日蔭から日向へ空へ草の絮

露寒や爪で湯呑を鳴らす父

秋深し屋根すれすれに白鳥座

物音も影となりたる星月夜

暖房の音ばかりなる父の部屋

冬の蠅おのが影より薄くあり

日曜の朝のしづけさ冬の鵙

猟期来る水辺にかはる風の音

漆黒の銃身磨く寒の月

息をして水を汚さず寒の鯉

病床の父の足湯に柚子ふたつ

塩焼の寒鰤に柚子ひとしづく

親ひとり子ひとり雪の降りしきる
酒粕をひとつ買ひ足す年用意

煤掃きや色とりどりの鳥の糞

大多摩の尾根灯さるる十二月

第五章　風紋

ほの暗きものの胸中に蕗の薹
薄氷よべの風紋刻みゐる

樹々芽吹く気配に生きてゐる父よ

春兆す父に踏ん張る力あり

春立つや呼べば目尻のうごきたる

永眠の前の熟睡や水温む

朧夜や眉間の皺も染みも消え

春疾風親子の縁尽きむとす

あたたかや大往生の口を開け

凍返るぬくみの残る瞼拭き

死者よりもわが手冷たし春暁

木の芽どき湯灌の膝のよく撓ふ

濁り消えたるたましひの春天へ
春日ざし介護ベッドと丸椅子と

骨壺を抱へて熱し春の宵

音のせぬわが家に戻る春寒し

春の闇もう誰からも呼ばれざる

初蝶に葉脈かよふ日のひかり

鳥の巣をあらはに雲の満ち動く

囀りに一日坐してをりにけり

山神の通りしあとや花菫

ひとところ落花はげしき山下る

木霊人魂残んの花に睦みゐる

透明な蜘蛛走り出づ竹帚

軽やかに山の雨過ぐ鯉のぼり

椎若葉泣きたきときは犬を連れ

山蟻のこつんがつんと走り雨

山住みのもてなしに添へ紫蘇の花

雑草をかき分けて摘む青山椒

まぼろしの蹤きくる気配蛇苺

半夏雨止むや雀のすぐ集ひ

山塊も水田も暮れ雲の峰

夜の蚊の音を捉ふる眉間かな

星涼し犬の系譜に神の名も

日輪の香か紅蓮の花の香か
星空の余韻露けき楡一樹

大型台風来と金魚に言ひ聞かせ
はるかなる音に覚めたる白露かな

ほつほつとざんざんと雨白木槿

花のいろ花托にのこし蓮は実に

色鳥の散らせる羽根を栞とす

水引草《みづひき》の朱ひとすぢの月夜かな

今生に身の置きどころなき秋暑

父母の座に誰も居ず虫明り

深からぬ人との縁そぞろ寒

足元に木の実投げしはむささびか

夕映の嶺のむらさき冬隣

球根を日向に晒す冬支度

掃き了るそばから紅葉散りかかり

冬日和かならず触る一樹あり

悼　有馬朗人先生三句

冬天の広大無辺師の逝けり

白鳥に声を遺して逝かれしか

師の恩を冬青空とおもひけり

死者のほか恃むもののなし寒昴

冬の蝶末期の翅を立てにけり

捨て猫を連れて戻りぬ枯木立

目を凝らし枯野の星の幽かりき

白光の石累々と川涸るる

涸川のわが身をとほる音すなり
ひとすぢの草色のこる枯蟷螂

何もなき吾に日溜り石蕗の花

第六章

耳澄ます

初御空鷺白妙の糞落とす

赤ん坊の微笑み返す恵方かな

父の忌や芹鍋の根の嚙み応へ

野良猫の尻まるまると草青む

昼三日月ほのと野遊びなどせむか

湧水に切りしばかりの桃の花

雛祭晴れながら風すさまじき

亡き人の顔つぎつぎと流し雛

先生と呼ばれし月日朧なる

啓蟄や椨の一葉が揺れはじむ

大粒の雨に後れて春の雷
草摘みて小学生の帰るころ

真紅の身裂いて団栗芽吹きけり

楤の芽と熊の脂と売られけり

山桜目高の鉢にさされあり
桜蘂降る夜や還らざるものへ

靴のまま川を渡れる立夏かな

みづぎはに胡桃の花の鳴りはじむ

翡翠の瑠璃飛ぶとはの時間飛ぶ
アカシアの花を素揚げに薄月夜

白雲のつづきにひらき朴の花

釣り堀のすみずみにまで山の雨

雨粒に言葉を返す金魚かな

日照雨螢ぶくろの中透けて

まざまざと猪の足跡栗の花

山神の薄目したまふ螢かな

一山も一谷も雨ほととぎす

藪茗荷顔近づけて雨香る

日盛や魔除けの貝を玄関に

日雷受診帰りの足痛み

夏蝶に後れて神のとほりけり

青葉木菟たましひの耳澄ますらむ

月光やときをり震へ羽化の蟬

草の絮宝石箱にしまひけり

かなかなやしづかに時の醸さるる
晴れながら細かき雨を野分雲

ひぐらしの翅も掃き寄せ野分あと

一草にまた戻りきて秋の蝶

小平霊園

ことごとく冷たき石となられけり

葛の花雨冷えの川やや濁り

霊木の肌ひややかに苔育て

魂祭ささめくやうに山の雨

銀鼠の色に川荒れ送り盆

思ひ出となれば美し草の花

飛行機雲ほどけて月や金木犀

馬追ひに大多摩の夜の芳しく

犬抱けば肉球匂ふ秋の虹

花びらのやうな舌出し穴惑ひ

山神の憑る猪の濃くにほふ

夢の死者なべて寡黙よ冬に入る

敷松葉隠れの蚯蚓掃き寄せむ

山眠る散りしばかりの花匂ひ

冬月の艶消しの白けもの道
花びらも夜空も凍りはじめけり

獣らのきれいな呼吸冬泉

はやばやと星を頂く冬紅葉

星空へまだ温かき熊吊るす

朴落葉ときをり人に命中す

襟立てて不意に前世のよみがへる

純白のたましひとなり一樹凍つ

大木に黒犀の艶年歩む

潮鳴りに耳を澄ませば笹子鳴く

あとがき

『耳澄ます』は、『雪華』に続く第三句集です。平成二十四年春から令和三年冬までの作品三四〇句を収めています。この間の後半は、長年勤めた学校を退職。俳句の活動も休止し、在宅での父の介護に専念しました。朝昼晩の食事作りから排泄の世話まで、全く予想もしていなかった壮絶な介護と看取りが始まったのです。折から、新型コロナのパンデミックにより当たり前の生活が奪われるという事態が生じました。父の三回忌に親族は集まれませんでしたが、山鳩が何度も啼いて慰めてくれました。人間界と自然界とは目に見えないところで感応し合っているように感じました。「自然を眺めてゐる――といふことだけはどんな時でも正しく、清く、美しい」（『花宰相』）という青邨の言葉を胸に、ここに拙い俳句集を編み、父と有馬朗人先生、そして今は亡き有縁の人々への供花にしたいと思います。

令和四年　三回忌に

甲斐由起子

著者略歴

甲斐由起子（かい・ゆきこ）

昭和39年　２月横浜生まれ。
昭和59年　井本農一先生に師事。
平成７年　「常磐松句会」を経て「祥」に入会。
　　　　　「祥」新人賞。
平成11年　「天為」入会。有馬朗人先生に師事。
平成14年　第一句集『春の潮』（ふらんす堂）刊行。
平成18年　評論集『近代俳句の光彩』（角川書店）刊行。
　　　　　「天為」新人賞。
平成24年　第二句集『雪華』（ふらんす堂）刊行。
平成25年　『雪華』により第36回俳人協会新人賞受賞。
現　在　　「天為」同人。俳人協会会員。日本文藝家協会会員。
　　　　　俳文学会会員。十文字学園女子大学非常勤講師。
共著に『新撰21』・『現代俳句最前線』他。

現住所　〒192-0153　東京都八王子市西寺方町1019-313

句集　耳澄ます　みみすます

二〇二二年七月二二日　初版発行

著　者——甲斐由起子

発行人——山岡喜美子

発行所——ふらんす堂

〒182-0002 東京都調布市仙川町一—一五—三八—二F

電　話——〇三（三三二六）九〇六一　FAX〇三（三三二六）六九一九

ホームページ http://furansudo.com/　E-mail info@furansudo.com

振　替——〇〇一七〇—一—一八四一七三

装　幀——君嶋真理子

印刷所——明誠企画㈱

製本所——㈱松岳社

定　価——本体二七〇〇円＋税

ISBN978-4-7814-1476-8 C0092 ¥2700E